しろい風の中で

田中眞由美詩集

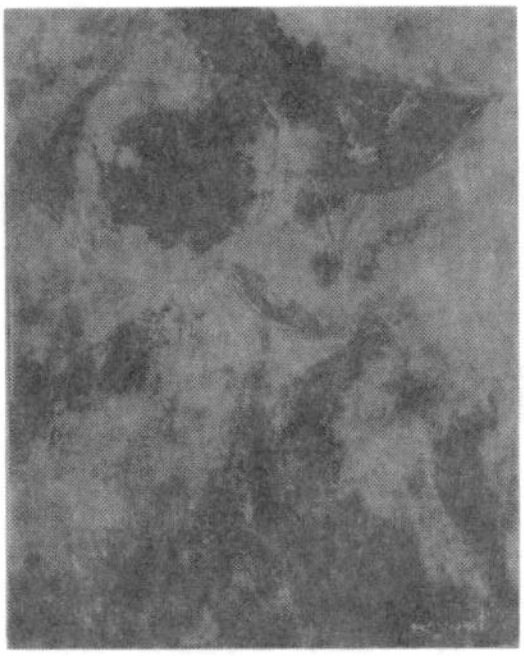

詩集　しろい風の中で＊目次

詩集　しろい風の中で

かどの先

あまりに突然
それは落ちてきて
声をかける暇もなく
あっという間に
角を曲がっていってしまったから
慌てて追いかけて
角の先を覗いてみたけれど
姿はどこにもなかった

いま捕まえれば
まだ間に合うと教えるものがいる

もうすぐ日が暮れるというのに
後ろ姿も見せないものを
どうやって探したらいいのだろう

夕暮れの角に立ったまま
途方にくれて
その先の幾つも幾つも連なる角の
隠された先に
それでも瞳を凝らしている

吹き抜ける

未熟な青臭さが世間を知らない
青草の真っ直ぐが無知ばかりを晒した日に
先に来ていた人は
だまって向かい風を受けていた

闇を潜り抜けたとき
息が止まっていたものは
送り出された時から
危うい生を見守られてきたことを

時に置き忘れて
青草の真っ直ぐは尖っていた

尖ったまま
ダイヤモンドダストを蹴散らし
アザーンの木霊す町かどを曲がり
高層ビルの街で地下鉄を乗りかえて
すこしあの場所と似たにおいがするここまで
ひとりで歩いたつもりでいた

時間は食いつぶされただけで
青草の真っ直ぐはみごとに萎れたが
いつまでも未熟は尖ったままで
先に来ていた人は

やっぱりだまって風を受ける

いつまでも羽化できない不器用な蛹の中で
〈いま〉が硬くなって蹲っている

だまって風を受ける人が
風に吹き飛ばされそうになっても
〈いま〉を受け取れなくて
頑なばかりが吹き抜け
すべてを連れさりそうだ

そこ

時を
ふたときも早送りすれば
たどりつく　そこ

はつ夏のひかりのなかで　紫陽花が薔薇がさ
きみだれ　しゅうめい菊がのうぜんかつらが
つぼみの準備をはじめ　あの人が　鋏を使っ
ている　なにかと指図をして　手伝う人に
次々と仕事を言いつけていく　いつもの風景

と　見るまにそこはどんどん膨張して　あの
人が薄まって　時間軸が巻き取られていき
地中からは　えのころ草が露草がひめじおん
がみるみるひっぱり出され　庭を埋め尽くす
背が丸くなった人の存在感ばかりが増して
一日中草をひくが　いっこうに無くならない

鳴いていたカッコウが　ふと口をつぐむ　や
まぼうしの並木がそろって空を見上げたすき
に　あたりは翳って家の前のバス通りが　暗
くなる　バスは路線を変えて　こないらしい
草丈は屈む人を覆い隠し　さらに伸びていく

ひとりずつ　そこを出て帰らない

背の丸い人がそこ　を出る決心をした

そこ　は
ますます霞んで
見つからなくなりそうだ

小さいひとが言って

通路が前と後ろを繋いで捻じれている
そこから来たとわかっていたから
幾度となく振りかえった

　　いま　そこにいる

気がつくと開けるたびに古い扉が現れて
そこを開けるともっと古い扉が現れる

いつの間にかわたしはすこしずつ小さくなる

　あのとき　がそこにいる

もっと古い扉はセピア色に霞んでいて
知らない場所に繋がっている
知っている人たちも小さくなって笑っていた

　いつか　がうずくまっている

知らない人に囲まれて
知っているはずの人も見分けがつかない
もう辿らなくてもいいよと小さいひとが言って

もう　おかえり

訪れるたびに体温を失っていく扉に触れると
危うく崩れそうに軋むので
あと何回開けることができるだろうと思う

みんなおいていけばいい

そこは行き止まりになって
自ら捻じれたまま閉じようとしている

もう　おしまい

小さいひとが言った

ひろい空の下で

できたことわかったこと
しろい風がさらっていく
くりかえされるしろい日

帰るところだったいつもいつもどこからでも
そこが嫌いで飛び出したはずだったそこ　空
が暗く天気が荒れる日は　真っ直ぐにそこを
目指したそこはまだ〈いえ〉の形をしていた

降り積もるときは気づかぬうちにのしかかっ
てある日〈いえ〉の形が崩れた　ひとりがい
なくなり〈いえ〉は少し傾いた　みるまに傾
きは進むその日そこは〈いえ〉の形を捨てた

こちらへもっとこちらへ　そこが近くなると
前にもどった気がした本当は不安が棲みつい
たそこ　不安は不自由不案内と友だち　足も
とは雲のなかそれでも〈いえ〉の顔をつくる

あの夏不安がとうとう〈いえ〉の顔を押しつ
ぶしにきた　かろうじてそこはそことしてあ
る今　しろい日にすこし色をつけて風がふき
過ぎていくいまはまだ　風にはさらわせない

振り返らなかったのはわたし
そこはいつまでもそこにあると
腹を立てたのはしろい風にではない
しろい風に気づかなかったわたし

しろい風を並んでうける
できなくてもわからなくても
ひろい空の下で

消えた明日

明日が
突然こなくなった

いつも決まってくることになっていた明日が
こないとわかった日　晴れた空をみるみる黒
雲が覆い暗さは視界を奪った　気がつくと止
まった時間とともに　そこに閉じ込められた
白い部屋では確かに何人かの気配が伝わるが

みな押し黙ったまま　横たわっているようだ
じっと眼を凝らすと　白い時間が淀んでいる
のが見える　起きようとすると強い力が阻む

だけど起きなくちゃ
だからいかなきゃならないとこがあるの
だめだといわれても
大事な約束があるの
ねえ　邪魔しないでおねがい

ここは明日はないから　気にしなくてもいい
ここで今を見続けるのがこれからの仕事だと
耳元でしつこく命令するので　円環する時は
白く濁り脳細胞を犯していく　重力を増す瞼

繰り返し再生される濁った白い時間は　つい
に完全に体に侵入しいれ代わり支配者となる
もはや筋肉は消失し　意思も存在を無くした
動かない白い肉体となり　ころがされている

明日は
もうどこにも　ない

帰還

闇の帝国を渡る風は
白く濁り渦巻いていた

人の気配が希薄な場所を
ただただ手探りで前に進んだ
いや後ずさっていた

ここがどこかもわからないまま
時おり闇の中に浮かぶものがある

人だったり風景だったり

はっきりとしているのは
見張られているということ
決まった時間に行われる巡回
四六時中　肌にはりついてくる
交差する視線たちのサーチライト

しっ　静かに
スパイがいるの
報告される　気を付けて
これ　盗られちゃうからあずかって

消毒液に沈む一組の入れ歯

突然取り落とされた　大切なもので
弾けてとんだ闇

帝国に　澄んだ風が吹き込む
流されてゆく濁った渦
ゆっくりと見えてくる位置

拉致された場所に戻る
時を刻む時計が
こちらを　見ている

時計をひきよせ
今を捉まえる

灰色の微粒子が支配するとき

そこは灰色の微粒子でできている

そこへは
時折外部から侵入する者がいる
侵入者はひかりをまとい
解き放たれた色彩が攻撃をはじめる

赤い粒子が飛び散りピンクの花粉をふりまき
緑色をした疾風が吹き抜け黄色い危険は刺激

的な生の匂いを放ち肌の奥に潜り込む　饒舌
な竜巻が吹き起こり灰色の粒子を舞い上げる
舞い上がった灰色がすべての物に降りしきる

　　赤はだめなの　あか　は

灰色の粒子は変化を嫌い脅かされる事を嫌い
服従を好み支配を好む　容赦なく異端な粒子
を捕まえて表面を蔽うと遮断して色彩を奪う
彩度の高かった粒子が濁りはじめて淡い灰色
に変わると　もう灰色の微粒子ばかりになる

そこを訪れる者は
目当ての者をさがすのは困難だ

濁った灰色が散らばり
俯いた貌から虚ろがにじみ出ている
灰色の微粒子は訪れる度に支配を強めている

赤はだめなの　あか　は
あかは　着ないの

そのひと

白い闇をすかして
黒い影がうずくまる

黒い影のなかでは
いつもの微笑みをうかべて
そのひとは立っている
微笑みに向かって
近づいていくと
にわかに黒い影がふくらみ

そこは塗りつぶされる

明るい四人部屋の窓際で
梢をスケッチするひとは
戸口に立っていたひとに似ている
けれどそのひとは微笑まない
あいたいひとではない

そこに帰りたいのだけれど
時間軸がゆがんでしまって
そこは　そこでなくなってしまった

そこにはもう
そのひとはいない

そして世界のどこにも
そのひとはいないらしい
そのひとに似たひとと
そのひとの話をする
そうだったのと
そのひとに似たひとは首をかしげる

白い闇が押し寄せてきて
似たひとを覆っていく
払っても払っても
白い闇はそのひとをとりこんで
連れ戻すことはできない

*

でたりはいったり

でたりはいったりする
山の上だったり
森のそばだったり

山の上から川のそばにいった　川のそばから
森のそばへそれから山の上にもどったけれど
また森のそばにいく

川のそばはきらいうるさいから

森のそばはまあまあだ　いろいろな人とであうわかれる　いろいろな人とわかれるであうしおりさんまりえさんみつこさん　じゅんさんはすきだけどゆみさんはきらいおこるからどっかへいっちゃえ

でいまはどこにいるのだっけ

山の上か森のそばか山のなかか森のなかか川のなかか山へいくの？　森へいくの？　川へいくの？　川はきらいうごけないからトイレにもいけない

ねえここどこだっけ

でたりはいったりする　暗くなったり明るくなったり明るくなったり暗くなったり冬が夏が春が秋がそしてまた夏がモザイクもようになって高速でぐるぐるまわるばかり

わたしはといえば
あいかわらず山や森やときどき川のまわりをでたりはいったり

そして
目を回しながらバレリーナみたいに
くるくる踊っている

毎日

毎日が
知らないうちに食べられてしまうと
そのひとはいう
どの日もどの日も
指示ばかりが次々とやってきては
追いかけてくるので
その日を見失ってしまうという

〈毎日〉は同じ貌をして訪ねてくるので

その貌はのっぺらぼうで
ちっとも見分けはつかない
のっぺらぼうの〈毎日〉が積み重なると
色のない日がどんどんくっついて
不透明な塊はそのひとを呑みこんでしまう

あのね　今日は玉ねぎを描いたの
お姉さんも風邪をひいたみたい

ちょっと〈毎日〉に色がつく日
赤かったりピンクだったり
灰色にくぐもっていたり
そんなときは
窓から季節が着替えるのが見えて

飛び切りの笑顔で〈その日〉が微笑んでくる

色のついた〈その日〉が
たくさん増えてくっつくと
不透明だった〈毎日〉が
きれいなキューブになる
キューブをもっと作るため
〈毎日〉が食べられないように
指示を蹴散らしてそのひとを捉まえる
そのひとと一緒に〈その日〉を覗きこむ

そうして

すてる
手紙を　すてる

本をすてる　送られた本も買った本も全て
本棚をすてる　いくつもいくつもすてる

洋服をすてる　ドレスも普段着もすてる
箪笥をすてる
靴も鞄もすててしまう

食器をすてる
茶碗をお椀を
食器棚をすてる

机をすてる　椅子をベッドをすてる
テレビを冷蔵庫を洗濯機をすてる

それからちょっと考えてから
家を　すてる

あえなくなって
友を　すてる

すてるごとに知らないものが
空いた場所に積もる
語られる知らないものがたり

そうしてとうとう
帰ることを忘れる

歯ブラシを　すてる

変換

文字が小さくなる
行が歪んで蛇行を始める
そしてしずかに崩れ始める

確かに入力したはずなのに
変換すると
文字化けをする

最初に漢字が逃げていく

横の棒いくつ
ひらがなのカーブも疎ましく
最後に躍り出る
幼いころ初めて書いたカタカナ

こんなにたくさん打ちこんできた歳月を数え数え間違いをするメモリーカードに項目が多すぎて目的のものが探し出せない　第一メモリーがオーバーしていてこれ以上は入らないハード自体に傷がつき消えて復元されないものが増える　白い空間が増殖し広がっていく

　アイウエオ
カキクケコ

タチツテト

………

デスクトップの項目が
どんどん消えていき
物語の続きは書けない

打ち込んでみるけれど
変換キーが見つからない
そのうちに
探すこともやめる日がくる

打ち間違えた
知らない自分が更新されたまま

小さな部屋

そんなに狭いと
思っていなかったのに

部屋は
ひとつの課題を住まわせると
それだけで一杯になってしまった
たったひとつ持ち込まれて
仕舞われたものの放つ気配に

脅かされ支配されていた

閉じられる場所のにおいが染みついた
汚れた箱の中のひみつ
消えることを約束されている未来

存在を忘れられたものは
もはや自らの存在すら忘れそうな者の
意志でだけ残されていたから
暫くの後に記憶に連れてこられたが

その部屋もいずれ閉ざされる場所
部屋も家も土地も
いずれは更地になって

新たな時を刻む
くり返される輪廻に
ひそかに発光する小さな部屋

どこまで

どこまで
戻ればいいのだろう
そのひとに会うためには

落ちた花をひとつずつ拾いあつめ
ふりむいて笑いかけた春の用水路の横で
あるいは高い天井をもつ
白い館にかかる絵のまえで
もっと丁寧に耳を傾けていれば

また今度と
会う約束ができたのだろうか

訪ねる先が
どんどん遠くになり
訪ねてもそのひとが
現れないこともある

行けば
いつでも会えると信じられた日は
つい昨日のように思えるのに
そのひとは
出かけてしまったようだ

そのひと自身も
どこに行くつもりなのか
知らない道を
歩いて行ったという

会えなくなって
もっと会いたかったと
もっと話せばよかったと
出かけたひとを追いかけているが
そのひとの足は急に速くなって
追いつくことができない

見知らぬもの

そのひとは
見知らぬものを
飼いはじめていた

けれどそのひとは
見知らぬものを
飼っていることに気づかない

見知らぬものは臆面もなくそのひとと入れ代

わる　そのひとではない言葉を使い見知らぬ
仕草で歩きまわり唄を歌う　歌うことは好き
でないのに歌いなれた讃美歌ではなく御詠歌
を口ずさむ　御詠歌に節をつけ話は歌われる

好きだった絵は入れ代わられると描けなくな
る　入れ代わったものの言葉はそのひとの使
うものと違うので　シナプスは断絶されたま
まで　画用紙に細胞を伸ばそうと試みるのだ
が　画用紙は紙の白さを晒してゆくばかりで

そのひとは
見知らぬものに
飼われはじめた

見知らぬものは
食べる習慣もないので
そのひとの食事がへっている

見知らぬものは眠るのが好き　食事中でも目
を閉じて眠り食べるのを止めるから　小さい
そのひとはますます小さく軽くなる　昼も夜
も昨日も今日も互いにくっつき合い区別がつ
かなくて　もういいや無意識の一日が連なる

しかし見知らぬものも匂いは奪えない　春の
香りはそのひとを目覚めさせる　目を見開き
春の香りを確かめると手が伸びてそれは口の

中に納まるにっこり笑ってああ美味しい　そ
のひとは声に出して美味しい春に手を伸ばす

そのひとは今
見知らぬものと
暮らしている

確かめる

河岸段丘のふもとには
縄文人の里があり
ほの暗い斜面林の根元に
ギンリョウソウが灯ったが
雑木林の里山は
建売の家々に姿を変えた

ギンリョウソウは摘まれてしまった
バス停の前の家に燕がもう帰らない

雛をカラスに食われた次の年からは
カラスの群れも夕空を戻ってこない
平林寺に罠を仕掛けられ処理されて
建て替えた家のベランダにはいつか
夕闇を飛び交う蝙蝠の姿は見えない
農家も建て直され屋敷森がなくなる

それから
すずきさんがいなくなって
みやけさんがいなくなって
ますださんもいなくなって
ふくとみさんがひっこして
さいとうさんはふうふでにゅういんをした

居なくても変わらないように見えるけどたし
かに居たものが消えて　見えない幸せが奪わ
れた　忘れたふりをした風景がこの頃ささや
くので居なくなったさびしさが打寄せてくる

口にしない名は
知らないうちに零れだして
無かったものになる

だから猫のプティの年を数え
母の年を数え　私の年を確かめる

行く先はいつも
確かめられないけれど

あした

痛みが
いま　ここにいることを教える

刻まれる時を
捉えそこなったものに
支払わねばならぬものが突き付けられる

瞳は凝らしていた
その時は必ず来ると

片時も瞬きはしなかったはずなのに
眠りの中のあなたの呼吸
規則正しく繰り返されるリズムに
騙されてしまった

だいじょうぶ
いきのくりかえすやすらぎ
だいじょうぶ
ねむりはあなたのもの

あなたの企みは
いつものように別れていくこと

またあしたねと
言葉をかけるだけで
約束されたあした
あしたを信じさせたままで
あなたは出かけてしまった

だからわたしは
あしたあなたに会えることを
信じている

痛みを抱えたままで
これからもずっと

あとがき

そのひとは連れあいを亡くして二年の後、最後の引っ越しをしてこの町に住み始めた。引っ越しばかりの人生だったそのひとは、我が家から徒歩で十分のその場所で、不安を隠して笑顔を見せていた。笑顔に甘えた私は忍び込んだものを見逃した。忍びこんだしろい風は、ひそかに強さをましていった。それからヤマボウシの咲く森の窓辺でしろい花をみて六年、ある日とうとう目覚めることをやめた。私はふるさとを全て喪った。

出版にさいし土曜美術社出版販売の高木祐子社主と、私の油絵作品を私のこだわりに寄り添い装丁してくださった高島鯉水子さんに大変お世話になりました。この場をかりてお礼申しあげます。

二〇二一年四月

田中眞由美

著者略歴

田中眞由美（たなか・まゆみ）

1949 年　長野県松本市に生まれる。

詩集　『インドネシア語と　遊んでみま詩た』（花神社　1991 年）
『降りしきる常識たち』（花神社　2001 年）
『指を背にあてて』（土曜美術社出版販売　2006 年）
第 6 回「詩と創造」賞・第 19 回長野県詩人賞　他
『待ち伏せる明日』（思潮社　2018 年）

詩誌「ERA」「樹氷」「しずく」

第 11 回上野の森美術館「日本の自然を描く」展佳作賞
「生まれいずるところ」

現住所　〒352-0034　埼玉県新座市野寺 2-4-34

詩集 しろい風《かぜ》の中《なか》で

発行　二〇二一年五月十六日

著者　田中眞由美
装丁　高島鯉水子
発行者　高木祐子
発行所　土曜美術社出版販売
〒162-0813　東京都新宿区東五軒町三―一〇
電話　〇三―五二二九―〇七三〇
FAX　〇三―五二二九―〇七三二
振替　〇〇一六〇―九―七五六九〇九
印刷・製本　モリモト印刷
ISBN978-4-8120-2621-2　C0092